GARE DU NORD

Du même auteur

AUX MÊMES ÉDITIONS

Camping
roman
Prix Amérigo-Vespucci, 2002

ÉDITIONS MICHALON

Un été de cendres
récit
Prix Tropiques et prix Découverte Albert-Camus, 1995
et coll. « Folio », n° 3362

Camus à Oran
récit, 1995

Sable rouge
roman, 1996

31, rue de l'Aigle
récit, 1998
et coll. « Folio », n° 3361

Mémoires de nègre
roman, 1999

Dites-leur de me laisser passer et autres nouvelles
2000

ABDELKADER DJEMAÏ

GARE DU NORD

roman

ÉDITIONS DU SEUIL
*27, rue Jacob, Paris VIe*

ISBN 2-02-057382-2

www.seuil.com

à Bachir, mon père

« Vous pouvez arracher l'homme du pays, vous ne pouvez arracher le pays du cœur de l'homme. »

JOHN DOS PASSOS

1

Quand Zaza leur avait tourné le dos et s'était penchée vers le frigo pour leur servir une bière, les yeux des trois vieux s'étaient plantés dans sa culotte aux couleurs du printemps. Zaza, qui n'était pas une méchante fille, avait alors eu l'impression d'avoir accompli une bonne action. Elle les sentait reverdir comme le blé après une longue sécheresse. Tous trois avaient à peu près le même âge et les mêmes désirs. Elle disait à Mazout, le patron, que ça ne pouvait que leur faire du bien, à ces pauvres diables qui n'aimaient pas être traités de *chibanis*, autrement dit de vieux.

Dehors, il pleuvait depuis quatre jours et quatre nuits. Emmitouflés dans leurs manteaux d'hiver, les trois amis venaient souvent à « La Chope Verte ». Assis sur leurs tabourets ou à une table, ils ressemblaient à des sentinelles noyées dans la fumée du bar amarré juste en face du « Foyer de l'Espérance » où ils vivaient. Il leur suffisait de traverser la rue pour voyager dans un monde à la fois familier et lointain, tout près de la gare du Nord où ils allaient regarder les trains.

Le plus âgé, surnommé Bonbon parce qu'il était doux et gentil, avait atterri, il y a longtemps, dans ce coin de Paris après avoir été mineur à Nœux-les-Mines, près de Béthune. Cette ville lui évoquait le fameux catcheur en cuir noir, aux moustaches belliqueuses et aux bottes lacées jusqu'à mi-mollets qui se faisait appeler *Le Bourreau de Béthune*. Il lui préférait son rival toujours masqué, *L'Ange Blanc*, vêtu de soie immaculée comme le burnous de son grand-père. Deux ans avant l'Indépendance, il avait vu ces deux monstres sacrés s'affronter dans une salle enfumée et surchauffée de Lille. Ce soir-là, il découvrit la saveur de l'esquimau glacé au milieu d'un public qui grognait de plaisir devant les terribles manchettes, les ciseaux acrobatiques ou les délicieuses mises à mort.

C'était l'époque où était écrit sur sa carte d'identité « Français musulman d'Algérie ». Une carte sur laquelle Bonbon avait, en guise de signature, appuyé le dessous de son pouce droit trempé d'encre. Un matin de novembre, il l'avait tendue presque en tremblant aux policiers lorsque, après un jour et une nuit sur le *Ville-*

d'Oran, il avait débarqué la première fois en France, à Marseille. Depuis, il la gardait au fond d'une vieille boîte de chaussures Bata couleur sable et aux coins cabossés. Une boîte en carton qui avait elle aussi une histoire. Elle abritait quelques papiers, une douzaine de photos de sa fille Badra et de ses petits-enfants ainsi qu'un livret de famille où était mentionné à l'encre le décès de sa femme.

Bonbon occupait la chambre 9. Comme ses compagnons, il sortait rarement du quartier, sinon pour aller du côté de la place d'Aligre, chez son coiffeur, Brahim, un ancien boxeur, champion d'Oranie des poids légers. Tous se faisaient couper les cheveux par des compatriotes. Ils se sentaient plus à l'aise. Ils s'habillaient simplement et se faisaient un point d'honneur à être toujours propres et bien rasés. Depuis longtemps, ils avaient abandonné leurs chéchias et leurs turbans, mais refusaient de porter le béret ou le chapeau. Seul Bonbon arborait parfois une casquette discrète achetée sur le boulevard Rochechouart à un vendeur à la sauvette.

Né comme Marcel Cerdan à Sidi Bel Abbès, où Fernandel avait tourné dans les années 30 un film sur la Légion étrangère, Brahim le coiffeur lui avait appris que son idole *L'Ange Blanc* passait souvent devant sa boutique. Un soir, vers 7 heures, la nuque fraîche et les oreilles bien dégagées, Bonbon l'avait guetté depuis l'entrée du salon. Il le vit enfin, en chair et en os, enveloppé dans un imperméable beige. Il ne portait plus de masque en satin, mais quarante ans après son mystère restait intact. Malgré son âge, il n'avait rien perdu de sa prestance. Sa fossette et ses cheveux gris ondulés lui donnaient un air à la Kirk Douglas, un acteur qui avait autrefois impressionné Bonbon dans *Les Vikings*, et dans d'autres films dont il ne comprenait pas les dialogues. *L'Ange Blanc* marchait, au bras de sa femme, les jambes arquées, le corps en avant. Il lui faisait penser à un léopard, prêt à bondir sur un agneau élevé au Guigoz. Bonbon, soixante-douze ans, soixante-sept kilos, un mètre soixante-cinq, était tellement ému qu'il n'osa pas lui parler. Il aurait pourtant voulu lui serrer la main et le féliciter pour ses prises spectaculaires, même s'il savait les combats truqués.

Deux fois par semaine, Bonbon faisait le marché. Armé de patience et d'un solide couffin, il choisissait la viande la plus tendre parce que ses amis, Zalamite et Bartolo, avaient, comme lui, perdu leurs dents de jeunesse. Il n'oubliait pas non plus de prendre de ce pain de semoule, rond, parsemé de graines de sésame et moelleux comme de la brioche.

Durant le mois de ramadan, qu'ils observaient tous,

Bonbon, Bartolo et Zalamite attendaient sagement l'appel du muezzin à la radio pour rompre le jeûne avec des dattes. Ils ouvraient sérieusement les festivités avec une chorba bien corsée ou une harrira onctueuse agrémentée de jus de citron. Puis ils dégustaient avec lenteur les tajines avant de se laisser séduire par de ravissants petits gâteaux. Tout était préparé par Bonbon, qui adorait les aubergines à la tomate et le yaourt, surtout aux fruits, dont il faisait une grande consommation. « Méfie-toi, ça va te ramollir le cerveau », ne manquait pas de l'avertir Zalamite qui raffolait de tripes bien épicées, malgré sa tension et ses hémorroïdes.

Bartolo aimait tout simplement le couscous au lait chaud, avec du raisin qu'il faisait rouler dans sa bouche pour sentir sa fraîcheur. Naturellement, les trois vieux ne mangeaient pas de charcuterie. Ils se gardaient aussi de toucher à la volaille et au bœuf qui n'étaient pas égorgés à la musulmane. Au pire, affirmait avec sérénité Zalamite, s'ils ne l'étaient pas, ce serait au boucher de s'expliquer devant le Tout-Puissant. Il aurait toutes les chances d'être pendu par les pieds comme le mouton de l'Aïd-el-Kébir ou de rôtir telle une dinde bien grasse dans l'un des nombreux fours de l'enfer ouverts vingt-quatre heures sur vingt-quatre, été comme hiver.

Les trois vieux ne fumaient ni ne chiquaient. Mais ils avaient toujours soif, à n'importe quelle saison. Ils croyaient au Très-Haut, mais buvaient leur bière sans grand remords et même avec plaisir. Ils espéraient qu'un petit pèlerinage à La Mecque effacerait toutes les ardoises. Un lavage-dégraissage de leur pauvre carcasse avant d'atteindre la destination suprême où il n'y a, au rayon boissons, que du miel et du lait, encore fallait-il les mériter. Bartolo, lui, se serait facilement passé du miel, il était diabétique depuis une bonne dizaine d'années.

On l'appelait Bartolo à cause de ses grosses joues, de sa petite bedaine, de son air débonnaire et de ses pantalons tire-bouchonnés. Ce surnom lui était resté après la maladie qui le fit fondre comme un morceau de sucre. Il pesait cinquante-cinq kilos, mesurait un mètre soixante-douze, et affichait soixante-dix ans au compteur.

Parce qu'il était de la région natale de son père, Zaza lui témoignait une vraie affection, sans trop le montrer aux deux autres. Zaza n'était partie qu'une fois là-bas, pour le mariage d'un de ses oncles. Elle devait avoir huit ou neuf ans. Il faisait très chaud et les nuits étaient pleines d'étoiles au-dessus de la petite vallée où habitait sa famille. Elle s'était régalée de tchoumbos, de figues de Barbarie qu'elle n'avait jamais goûtées auparavant. Entre l'odeur de la poudre et la stridence des youyous, deux images demeuraient embusquées dans sa mémoire : en signe d'allégresse, son grand-père tirait en l'air des coups de pétoire pour saluer la virilité de son fils, et la mère de la mariée brandissait un morceau de drap blanc taché de sang, pour clamer haut et fort la virginité de sa fille. Elle avait été également impressionnée par les dames qui dansaient, un foulard serré autour des hanches, les yeux soulignés au khôl, les bras et les chevilles ruisselant de bracelets. Elle était fière de sa mère, une femme douce et belle, qui savait danser comme elles. Elle lui manquait.

Quelques années plus tard, un après-midi du mois d'août, ses parents moururent dans un accident de voiture sur la route d'Orléans où ils se rendaient pour le décès d'un cousin germain. À quinze ans, Zaza se retrouva seule, un peu comme ses trois amis aux visages empourprés par l'alcool et quelquefois par la timidité.

Les trois chibanis ne parlaient pas beaucoup mais, quand ils sentaient que leurs langues s'embrouillaient et que les oiseaux chantaient trop fort dans leurs têtes, ils retraversaient la rue pour pousser la porte du « Foyer de l'Espérance » aux trois quarts endormi. En silence, chacun rejoignait alors sa chambre.

2

Cette nuit-là, dans la chambre 12, tandis que la pluie continuait de danser, Zalamite, toujours vif comme la flamme d'une allumette, d'où son surnom, fit ce rêve étrange. Dès le lever du soleil, rasé de frais et vêtu de son unique costume, il s'était retrouvé avec sa vieille valise bourrée de cadeaux dans la gare du Nord totalement déserte et aux panneaux vides. Sans se démonter, il descendit sur le ballast et se mit à marcher, d'un pas rapide et décidé, le long de la voie partant du quai n° 8. Durant son voyage, il ne croisa aucun train, comme si une grève soudaine et impitoyable avait effacé tout trafic, gommé toute présence humaine.

Au détour d'une ville inconnue, hérissée de gigantesques cheminées, une force contre laquelle il ne pouvait rien le conduisit sur d'autres rails, dans une autre direction. Non, il n'irait pas vers Lille ni près de Béthune où avaient vécu Bonbon et le fameux *Bourreau*, mais vers le sud, le grand Sud. Là-bas, il ne pleuvait pas souvent et il faisait chaud au moins neuf mois sur douze.

Infatigable et léger, Zalamite traversait dans un immense silence des montagnes vertes, des plaines opulentes et la mer infinie qu'il n'avait pas revue depuis une éternité. Plus loin, dans le soir naissant, il reconnut, derrière une rangée d'oliviers, de petites maisons aux murs blanchis à la chaux vive et aux tuiles disparates. Comme des orphelines, elles se serraient les unes contre les autres autour de l'unique fontaine au corps trapu d'où coulait un maigre filet d'eau, tiède en été et glacée en hiver. En passant près d'elle, il se souvint que, gamin, il s'était cogné contre ses lèvres étroites et grises. Il lui en restait une cicatrice, juste au-dessus du front.

Il était enfin arrivé dans son village natal, un hameau dépourvu de goudron et d'électricité, planté tel un cactus sur une colline moins haute que Montmartre où, jeune, il avait été plongeur dans un restaurant de la rue Caulaincourt. Ces années-là, il était payé, comme disaient les gens de chez lui, avec une poignée de mouches.

Le plus étrange dans ce rêve, c'était que ses parents – morts et enterrés depuis une vingtaine d'années –

l'attendaient comme un nouveau marié. Arborant leurs plus beaux habits, ils se tenaient sur le seuil de la porte avec des dattes et du lait. Sa mère lui tendait en souriant le verre de sa main enduite de henné. À l'instant où il allait le saisir, le goût âcre de la bière lui revint brutalement à la bouche. Il se réveilla, trempé de sueur et le cœur battant très fort dans sa poitrine, d'autant qu'il n'avait jamais bu une goutte d'alcool devant ceux qui l'avaient mis au monde. Il chercha des yeux la valise brune qui l'accompagnait partout. Avec ses éraflures, son étiquette jaune et sa poignée métallique, elle était toujours sur l'armoire où était sagement rangé son costume bleu pétrole aux larges poches.

Le lendemain, la voix excitée, il raconta à Bartolo et à Bonbon sa surprenante odyssée. L'œil amusé, ce dernier lui dit, en léchant sa cuillère de yaourt : « Tu as fait tout ça à pied, en une seule journée ? Alors tu es plus rapide que le Boeing d'Air-Algérie… »

Superstitieux et l'esprit encore troublé par cette histoire, Zalamite décida de s'adresser au médium-voyant, Hadj Fofana Bakary. Il tenait à le consulter au sujet de ses parents surgis mystérieusement de leurs tombes pour venir à sa rencontre, l'air guilleret et la pupille fraîche.

Lunettes noires, chemise africaine et crâne rasé, Fofana

Bakary cultivait la ressemblance avec le chanteur camerounais Manu Dibango qu'il avait vu plusieurs fois sur scène. Fofana habitait à cinq minutes du « Foyer de l'Espérance », à côté de la brasserie « Chez Marcel », un établissement plus beau, plus vaste et mieux décoré que « La Chope Verte ». En plus de deux flippers électriques, il possédait un club de fléchettes et un joli billard à six trous. Là, entre les murs boisés et les glaces biseautées, Zalamite s'abandonnait avec une belle constance aux enivrantes angoisses du tiercé. Sous l'œil narquois de Marcel Martinez, le tenancier qui ne l'aimait pas beaucoup, il gagnait de petites sommes mais s'offrait de grands frissons. Surtout quand, devant la télévision, il suivait, les yeux palpitants, les courses aux arrivées très serrées. Elles le faisaient plus suer que les deux heures passées, chaque vendredi matin, dans la salle chaude du hammam du boulevard de la Chapelle aux fenêtres en arceaux et à la façade carrelée.

On disait du mage sénégalais qu'il avait la main heureuse pour résoudre tous les problèmes, du moins compliqué au plus désespéré. Vantant ses mérites, des tracts à la syntaxe et à l'orthographe accidentées étaient régulièrement distribués dans le métro, la rue ou les boîtes aux lettres. Rien ne résistait à son immense science venue, proclamaient-ils, de la nuit des temps. Elle combattait toutes les ondes maléfiques, garantissait le retour immédiat de l'être aimé, offrait un bon contrat de travail, assurait le permis de conduire, fournissait une nouvelle voiture et procurait naturellement beaucoup d'argent. Elle promettait aussi une carte de séjour de dix ans, un mariage heureux, un pèlerinage plein de félicité. Elle terrassait, bien entendu, la maladie, la stérilité, l'impuissance sexuelle et les autres calamités qui accablent le commun des mortels et même les Martiens, affirmait le mage, en plaisantant à peine.

La clientèle de ce marabout généraliste était large et variée. Des dames de la bonne société n'hésitaient pas à grimper des escaliers sombres et raides. Elles ne craignaient pas de rentrer dans son petit deux-pièces dont les fenêtres donnaient sur une cour cimentée. Baignant dans une atmosphère bizarre, son intérieur était décoré avec des statuettes, des sagaies, des masques impressionnants et des imitations de peaux de zèbre et de léopard. La consultation finie, celles qui n'avaient pas encore perdu le sens des affaires en profitaient, disait Zaza, pour passer discrètement chez Tati faire leurs emplettes. Dès la sortie, elles s'empressaient de les glisser dans des sacs signés Hermès, Dior, Chanel ou Vuitton.

Pour se reposer de ses fortes émotions et étancher sa soif aussi grande que lui, Hadj Fofana Bakary se rendait souvent à « La Chope Verte », où sa voix puissante et caverneuse dominait celles des habitués. Il savait titiller leur curiosité. Chacun espérait de lui des révélations croustillantes sur les attentes et les lubies de ses clients. Pour mieux les appâter, il daignait lâcher quelques bribes d'informations. Mais il prenait toujours soin, comme un médecin tenu au secret professionnel, de préserver leur anonymat.

L'ayant consulté pour une affaire sentimentale, Zaza le traitait gentiment de charlatan. En plus des verres qu'elle lui payait, il lui avait soutiré mille cinq cents francs pour un résultat tout à fait nul. Pour se justifier, d'une voix cette fois douce et convaincante, Fofana rappelait à cette inconsciente aux cuisses de panthère et à la cervelle de fourmi qu'elle avait la baraka, autrement dit elle l'avait échappé belle. Le joli rossignol qui faisait chanter son cœur avait fini, à cause d'une sale histoire, par se retrouver pour un long moment à gazouiller derrière les barreaux. Il ne l'avait pas lu dans ses cartes magiques ou dans son infaillible boule de cristal, mais dans la rubrique faits divers du *Parisien* qu'il ouvrait tous les matins. Ce jour-là, il était content parce que le journal avait aussi consacré un long article à Manu Dibango, illustré d'une belle photo en couleurs. Zaza aimait, elle, Salvatore Adamo, surtout ses premières chansons, *Tombe la neige* et *Mes mains sur tes hanches*, qu'elle fredonnait quand elle avait le cœur gai.

Pour remercier Bakary de ses bonnes paroles, Mazout, généralement taciturne et dur à la détente, arrêta d'agiter son épaisse gourmette en or pour lui offrir un pot. Une fois encore, ce brave sorcier venait de mettre sur la touche un dangereux rival. Zaza, Mazout en était certain, finirait par entendre raison et se jetterait bientôt dans ses bras velus et protecteurs. Il roulait au sang de lion, au vin rouge, généralement accompagné d'olives violettes et de concombre salé. Patient par nature, Mazout pouvait attendre, les mains dans les poches et les pieds tranquillement enfoncés dans ses gros souliers. Il chaussait du 48.

Zalamite, lui, fut tout de suite rassuré. Le marabout Bakary lui avait dit de ne pas s'inquiéter. Si ses chers et irremplaçables parents étaient apparus dans son rêve avec leurs habits de noces, c'était tout simplement pour fêter son grand retour. Ni les vivants ni les morts ne l'avaient oublié, tout le monde l'aimait et il serait toujours le bienvenu dans son village, surtout s'il rapportait des cadeaux dans sa valise. « Tu vas peut-être te remarier et tu seras comme un prince », avait ajouté, en clignant de l'œil derrière ses lunettes noires, celui qui prétendait être l'arrière-petit-fils d'un ancien roi de la Casamance, un pays où le cou des girafes est encore plus long que celui du général de Gaulle.

Pour impressionner son public, Fofana Bakary en profitait pour rappeler, avec une pointe de fierté dans la voix, que le chef de la France libre avait, en 1944 à Brazzaville, décoré son père, un tirailleur valeureux, émérite et franchement polygame. Avant de mourir grignoté par ses nombreuses et turbulentes femmes, il avait terminé la guerre avec des médailles et le prestigieux grade de sergent-chef. Il se flattait aussi de connaître par cœur *La Marseillaise*. Cela ne l'empêchait pas, se plaignait son fils, d'avoir une pension inférieure à celle des Français de la métropole.

Malgré les heureuses prédictions de Hadj Fofana Bakary, Zalamite savait au fond de lui que, le jour où la mort – qui n'oublie jamais personne – poserait sa main froide sur sa frêle épaule, il lui faudrait partir. Prenant son courage à deux mains, il irait cette fois sans sa valise et sans le train 11, c'est-à-dire sans l'aide de ses maigres et longues jambes. Mais pour l'instant, si le corps était, hélas, devenu d'occasion, sa tête, grâce à Dieu, tenait encore la route.

3

Les nuits de Bartolo prenaient souvent la couleur blanche de ses cheveux. L'insomnie lui collait à la peau comme le tatouage inscrit depuis l'âge de six ans sur le dessus de sa main droite. Il n'avait pas beaucoup pleuré sous les picotements de l'aiguille, la tête posée sur la cuisse tiède de sa mère qui lui caressait le front. Plus tard, elle lui dira aussi que c'était l'année où les sauterelles avaient tout mangé, même les rails du chemin de fer. Il revoyait vaguement le visage de la femme très brune, presque adolescente et un peu sorcière, qui avait dessiné en bas de son petit poignet une feuille ronde aux nervures fines et serrées. Une feuille sans tige, sans attache, tombée d'un arbre mystérieux dont le vert s'était éclairci avec le temps. Il n'avait jamais essayé de la cacher, de la brûler avec de l'acide ou de l'esprit-de-sel comme le faisaient ceux qui partaient vivre dans la grande ville. Pour éviter les regards moqueurs ou méprisants, il leur fallait supprimer les tatouages sur leur visage, les effacer de leur histoire de chaque jour.

Si Bartolo avait enlevé la chéchia, avec un pincement au cœur en pensant à ses aïeux, il s'était toujours refusé à dissoudre ce talisman incrusté dans sa peau. Fière et joyeuse, sa mère lui avait dit en l'embrassant avec ferveur : « Il te protégera du malheur et du mauvais œil ! » Ce legs familial, ce porte-bonheur, lui apparaissait aussi important que sa carte de séjour difficilement décrochée. C'était un peu sa marque de fabrique, comme l'estampille sur les boîtes de sardines qu'il empilait dans les cartons de la conserverie de poissons de Marseille où il avait débarqué, deux ans avant Bonbon. Les trois amis ne se connaissaient pas encore. Leurs bras, leurs jambes et leurs mâchoires étaient alors solides.

Ils ne parlaient qu'une seule langue, celle de leurs mères qui, comme eux, ne savaient ni lire ni écrire. À leur arrivée, tels des enfants attardés, ils avaient dû apprendre à demander leur chemin avec un bout de papier sur lequel une main secourable avait indiqué une adresse peut-être prometteuse.

Dans le train, impatients et l'oreille tendue, ils guettaient les annonces du contrôleur pour ne pas rater leur destination. Plus tard, pudiques et intimidés, ils sollicitaient des écrivains publics pour donner des nouvelles à leur famille ou régler des problèmes administratifs auxquels ils ne comprenaient souvent pas grand-chose. Aujourd'hui encore, accrochées à l'entrée du foyer, leurs boîtes aux lettres, au milieu de celles d'Oscardo Peirerra, de Moussa Traoré, de Jerzy Swoboda ou de Lucien Guyomar, débordaient de prospectus et de brochures qui ne leur servaient à rien.

En ce temps-là, ils n'avaient pas le choix. Ils acceptaient n'importe quel emploi, travaillaient beaucoup et pour pas cher. Pour être à l'heure, ils avaient acheté chacun un gros réveil et leur première montre. Ils étaient également obligés de faire leur cuisine et d'emporter leurs thermos et leurs gamelles en aluminium avec eux. S'ils laissaient leurs verres de bière à moitié vide, ils avaient appris dès leurs quenottes à ne rien laisser dans leur plat. Ils l'épongeaient méthodiquement avec du pain qu'ils portaient promptement à leur bouche, comme s'ils craignaient d'avoir toujours faim.

À cette époque, tous trois possédaient de bons yeux. Fascinés, ils regardaient les images sorties des tout nouveaux téléviseurs en noir et blanc qui scintillaient dans les vitrines des magasins ou dans quelques cafés. Ils avaient vu « La Piste aux Étoiles », des combats de catch, les feintes de Raymond Kopa, les tirs de Larbi

Ben Barek, *La Perle Noire*. Ils se rappelaient aussi des jambes ailées du marathonien Alain Mimoun, né au pays, dans la commune de Telagh située près de Sidi Bel Abbès où la Légion étrangère avait sévi durant cent vingt années.

Au cinéma, ils avaient fait connaissance avec Al Capone, Sindbad le marin, Chita la guenon et entendu le célèbre cri de Tarzan lancé entre deux lianes par le beau Johnny Weissmuller. Un nageur cinq fois champion olympique qui, racontait d'une voix triste Bonbon, s'était malheureusement noyé dans une mer de whisky avant de terminer sa carrière comme chasseur dans un cabaret. Quant à eux, la peur de finir clochards sur le trottoir de la gare du Nord ou mendiants dans le métro les poursuivait depuis longtemps.

Ils redoutaient aussi de mourir loin de leurs proches. Ce qui devait arriver plus tard à leur voisin Lucien Guyomar, un ancien marin qui avait échoué dans la chambre 7 avant d'être emporté sous la neige par une ambulance du Samu. Il était mort un 16 décembre, précisément. Bonbon s'en souvenait bien, c'était le jour de son anniversaire qu'il ne fêtait jamais. Les seules bougies sur lesquelles il avait soufflé étaient celles du logis où il avait habité avant de quitter définitivement le village pour la métropole.

Il semblait à Bartolo que son déficit de sommeil datait de la préhistoire. Une maladie pire qu'une rage de dents ou qu'une année sans paie. Après son départ de Marseille, il avait été gardien de chantier à Vénissieux, dans la banlieue de Lyon. Il n'était pas un fainéant mais au bout de deux mois, sans qu'il le veuille, ses paupières se fermaient lentement au milieu de la nuit. Un matin, le contremaître, un rouquin à la voix désagréable, l'avait surpris, dormant profondément sur des sacs de ciment dans la petite cabane en tôle ondulée. Maintenant, il regrettait le temps où le sommeil finissait par prendre le dessus, même si cela lui avait jadis coûté sa place et l'avait contraint à vivre quelque temps à crédit.

De son passage à Lyon qui avait duré six mois, il conservait l'image émerveillée, presque enfantine, du premier fleuve qu'il avait rencontré dans son existence. Quand il traversa le pont, Bartolo, qui était sujet au vertige, avait eu l'impression de marcher en équilibre au bord de la terrasse d'un grand immeuble sans balustrade, sans garde-fou. Tout là-haut, une rumeur forte et continue accompagnait son pas, sa respiration. L'air qui caressait son visage lui semblait lui aussi particulier. Il avait le goût salé de l'inconnu, de l'aventure. Bartolo avançait avec la sensation d'emprunter un chemin neuf et périlleux. Au-dessous de ses pieds, le Rhône dénouait, défroissait comme une étoffe moirée son corps musculeux et colossal. Il brillait sous les lumières des quais, pareil à une couleuvre géante, sans tête et aux écailles cuivrées. Interminable, invincible, il glissait entre les berges grises et jaunes pour aller se lover, plus loin, vers le sud, dans le grand ventre de la mer. Une mer fiévreuse entr'aperçue par le hublot de la Caravelle blanche qui l'avait emmené en France, un matin de septembre.

Bien avant d'atterrir, Bartolo savait déjà qu'il devrait se familiariser avec la grosse pluie, la morsure du froid et le poids de la neige qu'il ne connaissait pas, mais il n'aurait jamais imaginé voir autant d'eau passer devant ses yeux. À longueur d'année, elle coulait généreuse, infatigable. Elle se moquait des saisons, car la pluie était toujours là, pour le bien de la terre et des hommes. On pouvait à toute heure, à tout moment, ouvrir en confiance les robinets des lavabos, irriguer des champs et abreuver des animaux qui n'avaient jamais soif. Bartolo ne pouvait s'empêcher de penser à l'oued, son oued couleur de rouille qui agonisait à quelques mètres de son village perdu au bord d'un désert d'alfa et de poussière. Maigre et pitoyable, il laissait en été voir les cailloux et les arbustes brûlés par le soleil que reniflaient les ânes et les chiens. Mais il ressentait pour lui de la tendresse parce que, enfant, il s'y était baigné. Chaque semaine, le pan de sa robe levé sur la cuisse, sa mère, penchée sur une grande pierre savonneuse, lavait là le pauvre linge de la famille. Contrairement à Bonbon qui gardait un mauvais souvenir de la Seine, Bartolo aimait le Rhône, ce fleuve qui ne dormait jamais, disait-il.

Deux ans plus tôt, Bartolo avait vécu à Marseille un autre vertige. Celui de l'amour. Il avait connu Josette dans un bal musette où il avait été traîné presque de force par des amis. C'était la première fois qu'il assistait à un bal. En guise de billet d'entrée, on lui avait tamponné le dessus de la main. Un tatouage facile à enlever. L'œil étonné et les jambes ligotées par la timidité, il s'était retrouvé à l'intérieur de la place entourée d'une bâche rayée de rouge. La fontaine éclairée, l'estrade pimpante, un haut-parleur et des ampoules multicolores dans les arbres, tout avait un air de fête, d'insouciance.

L'ambiance s'était rapidement installée. Le jet d'eau semblait frétiller au son d'un paso doble. Bartolo, lui, ne savait pas danser. Et même s'il l'avait su, il n'aurait jamais osé inviter une fille d'ici ou d'ailleurs. Tournant le dos à la piste et aux musiciens qui portaient des chemises à carreaux, des foulards et des canotiers, il était resté vissé au comptoir de la buvette jusqu'à ce que l'un de ses amis lui présente Josette. Mince, brune, les yeux clairs, elle avait mis ce jour-là une jolie robe à fleurs et une ceinture de flanelle rouge. Balbutiant et maladroit, il lui avait offert une citronnade. Vers onze heures, il l'avait vue quitter le bal, un châle sur les épaules parce que le temps avait brusquement rafraîchi.

Quelques jours plus tard, il l'avait revue à la conserverie. Elle travaillait à l'expédition, où elle collait des étiquettes sur les cartons qu'il remplissait avec d'autres ouvriers. Ils se voyaient le soir au bar des Treize-Coins ou, à quelques rues de là, à « La Frégate », un modeste restaurant du Panier. Le dimanche, ils se promenaient dans la ville, prenaient parfois l'autocar pour les calanques ou la plage.

Ils finirent par ne plus pouvoir se passer l'un de l'autre. Un amour était né. Puis, une nuit d'hiver, après une longue étreinte, Josette quitta Marseille. Bartolo ne la revit plus. Il ne sut jamais pourquoi elle était partie. Il avait eu un immense chagrin. Par pudeur, il n'en parlait jamais. Il se souvenait aussi que, le jour où il l'avait rencontrée au bal, il portait pour la première fois une cravate.

4

Bonbon, Bartolo et Zalamite n'avaient vu qu'une fois ou deux la tour Eiffel et les Champs-Élysées, et n'avaient jamais pris le bateau-mouche pour glisser sur la Seine. Ils naviguaient dans les rues comme s'ils étaient condamnés à refaire le même itinéraire, les mêmes haltes, à revoir les mêmes arbres du square, à repasser devant les façades qu'ils longeaient depuis des années. Seules les cabines téléphoniques semblaient changer d'aspect. Derrière leurs vitres épaisses, elles accueillaient différents occupants, calmes ou agités, impassibles ou souriants. Ils les apercevaient de dos, de profil, de face, accroupis, le combiné collé contre la bouche, un cartable ou un sac posé à leurs pieds.

Chaque jour, ils croisaient des gens de tous les pays, de toutes les couleurs, des touristes en short ou sous un parapluie qui grimpaient avec leurs appareils photo vers le Sacré-Cœur et la place du Tertre. Il y avait aussi les clients empressés des magasins, des pickpockets, des dealers, des prostitués des deux sexes, des flâneurs avec leurs chiens, des badauds, des employés avec le sandwich à la bouche.

Les trois vieux ne mangeaient jamais dans la rue. Ils pensaient que cela ne se faisait pas, que ce n'était pas bien. Ils ne comprenaient pas non plus pourquoi les chiens et les chats étaient autant choyés. Plus gâtés que des enfants de riches, nourris comme des rois, ils se répandaient partout, sur les trottoirs et au pied des platanes. Ils avaient des salons de beauté, des garde-robes, de très jolis colliers, des cliniques, des cimetières rien que pour eux. Les plus veinards partaient en vacances à l'étranger. Vaccinés et pomponnés, ils prenaient l'avion ou le bateau dans une cage bien douillette.

Hadj Fofana Bakary leur avait raconté qu'une jeune dame était venue le voir, les larmes aux yeux et la voix délicate comme le doux foulard de soie noué autour de son cou. Elle lui avait proposé une forte somme uniquement pour lui ramener son caniche nain disparu depuis une semaine près de l'église de la Madeleine. Elle y tenait beaucoup, il lui avait été offert par son amoureux, un haut fonctionnaire un peu susceptible. Bakary ne pouvait rien pour elle. Il ne maîtrisait pas bien les ondes des bêtes de la ville. Il comprenait mieux la mentalité des animaux de la savane et de la jungle, lui avait-il avoué sincèrement.

Dans leur promenade qui prolongeait une ancienne et longue errance, les rues et les boulevards avaient fini par s'accorder aux pas lents, sereins, résignés des trois chibanis. Ils n'étaient plus englués dans leurs bruits, dans leurs lumières, leurs miroitements, leurs tentations. Toute leur vie, ils n'avaient jamais cessé de marcher, de prendre le train 11 comme disait Zalamite. C'était le seul sport qu'ils pratiquaient et ils n'avaient voyagé que pour chercher du travail, jamais pour le plaisir.

Lorsqu'il leur arrivait de retourner pour quelque temps au pays, ils ne quittaient pas leur village, leur quartier, sinon pour rendre visite à des proches vivant dans des régions lointaines, comme Badra, la fille de Bonbon. Depuis son mariage, elle s'était établie dans la grande ville portuaire où il avait, pour la première fois, pris le *Ville-d'Oran* pour venir en France.

Bonbon, Bartolo et Zalamite commençaient leur itinéraire par le terre-plein au-dessus duquel roulait, entre Nation et porte Dauphine, le métro aérien de la ligne n° 2. Ils respectaient toujours les feux de signalisation. Après le passage clouté du boulevard Barbès, l'un des plus fréquentés de la capitale, ils remontaient puis redescendaient lentement le boulevard Rochechouart. Quand ils étaient en forme, ils poussaient jusqu'à la place Clichy. Ils longeaient des petits restaurants exposés au gaz des voitures, des autocars de touristes, des kiosques à journaux, des manèges, des stands de tir, des boutiques débraillées et des sex-shops aux vitrines racoleuses. De temps à autre, Bartolo s'arrêtait pour serrer sa ceinture, Bonbon pour se moucher et Zalamite pour reprendre son souffle ou lacer ses chaussures.

La mise propre, les joues toujours nettes et le pas égal, ils empruntaient aussi le boulevard de la Chapelle, passaient près du hammam niché au fond d'un porche, prenaient la rue Marx Dormoy avant de tourner à gauche, rue Jean-François Lépine. Après l'école maternelle, qui était plus vieille qu'eux, ils franchissaient le pont métallique zébré de graffitis, pénétraient dans le square et rejoignaient, les jambes lourdes, les bancs en pierre où ils se reposaient longuement. Ils ne voulaient pas ressembler aux nombreux désœuvrés ou à ceux qui n'avaient simplement pas d'argent pour s'asseoir à une table de café. Ils évitaient de rester debout, les fesses collées pendant des heures aux barrières de protection courant le long des magasins Tati et du Louxor, le Palais du Cinéma maintenant fermé et qu'ils avaient fréquenté jadis. Entre les murs tendus de tissu rouge,

Bonbon avait retrouvé là le goût de l'esquimau glacé.

Près de l'arrêt des bus, le square prenait par moments l'allure d'une place de village. Quand il faisait beau, il bruissait d'éclats de rires, de cris d'enfants. À l'ombre des acacias, les adultes échangeaient leurs souvenirs, leurs angoisses et leurs restes d'espoirs. Sous le regard sautillant des pigeons, d'autres roulaient lentement une cigarette ou lisaient leur journal en hochant la tête.

Même s'ils n'achetaient rien, les trois compagnons aimaient bien passer leur matinée du dimanche au marché de la porte de Clignancourt. Ils prenaient tout leur temps pour papillonner entre les étals et les fourgonnettes aux flancs coulissants. Ils palpaient les rouleaux d'étoffe, vérifiaient l'épaisseur d'un revers de veste, la profondeur d'une poche, la solidité d'une couture ou d'une poêle à frire. Ils reniflaient les épices, tâtaient le cou d'une poire, le ventre d'une aubergine et tapotaient le dos d'une pastèque, d'un melon. Ils s'amusaient de la naïveté des amateurs de bonneteau, s'étonnaient du prix mirobolant des vieux meubles chez les antiquaires, et découvraient l'existence de fruits exotiques ou d'objets qu'ils n'avaient jamais vus.

Mais le lieu qui leur plaisait le plus, c'était la gare du Nord au fronton orné d'une inscription en chiffres romains et d'une horloge ronde et blanche aux longues aiguilles noires. Au-dessus de sa corniche au dessin bien net se dressaient une vingtaine de statues monumentales aux formes pleines et drapées. Comme les trois vieux, le temps les avait fatiguées, rendues un peu grises. Des couronnes sur la tête, des blasons posés contre leurs jambes galbées, elles représentaient des capitales européennes, et des cités du Nord telle Arras. Dans cette ville, sur la grande place pavée, cernée de séduisantes arcades et envahie par l'odeur des frites et du sucre fondu, Bonbon avait autrefois gagné dans une baraque foraine de chaudes couvertures pour l'hiver. Au milieu de grands animaux en peluche, la roue constellée de chiffres, de trèfles et d'autres figurines de cartes à jouer s'était arrêtée sur le numéro du billet qu'il venait d'acheter. Cet après-midi-là, il avait aussi goûté à la barbe à papa.

Dès qu'ils approchaient de la gare du Nord, ils se sentaient attirés par son atmosphère chaleureuse, ses formes féminines et par sa lumière douce qui avait la couleur d'une bonne bière. C'était un peu leur port où ils débarquaient au gré de leur humeur, de leur fantaisie. Après avoir foulé les pavés de la place Napoléon III, ils avaient, en passant les grilles, l'impression d'être dans le ventre d'une baleine pacifique et maternelle. Protégés par ses murs percés de grandes fenêtres en demi-cercles, ils restaient dans le hall, immobiles, en confiance, goûtant le temps qui s'écoulait paisiblement. Qui sait, peut-être auraient-ils la bonne surprise d'apercevoir, parmi les milliers de voyageurs, un ancien collègue de travail, un vieil ami descendu du train ou en partance pour des villes qu'ils ne connaissaient pas et qu'ils n'auraient plus à présent l'occasion de connaître.

N'ayant jamais eu de vraies maisons à eux, ils demeuraient là, au milieu des mouvements de la foule, du ballet incessant des bagages, de l'alignement des panneaux publicitaires qui changeaient régulièrement de visage. Entre la verrière aux carreaux bleus et blancs, les lampadaires, les kiosques à journaux et les larges escaliers de la bouche de métro, ils entendaient le bourdonnement des machines, le roulement des chariots chargés de sacs postaux, la voix des haut-parleurs, le frissonnement mécanique du tableau des départs que Zalamite avait dans son rêve trouvé étrangement vide. Cette agitation les rassurait. Ils étaient bien sous l'immense toit soutenu par d'élégants piliers en fonte ouvragée. Parfois le vol d'un pigeon au-dessus des caténaires donnait envie de partir. Avant, disait Bartolo, les trains étaient plus lents, plus lourds et on les entendait venir de loin.

5

Certains soirs, en pyjama et le visage chiffonné, Bartolo traînait ses pantoufles dans les couloirs bleu ciel du foyer éclairés par des néons. Parfois, après avoir éteint son téléviseur impuissant à le faire dormir, il se rendait dans la cuisine commune aux murs peints en blanc. Il se préparait une verveine-menthe ou un grand bol de café au lait dans lequel il aimait tremper un biscuit au chocolat ou un morceau de pain rond enduit de beurre ou d'huile d'olive.

Près des placards et du frigo géant, au-dessous de l'horloge qui mastiquait lentement les heures avec sa bouche en plastique, un calendrier, vendu pour les étrennes des éboueurs, montrait un magnifique paysage des îles. Plein de verdure et de soleil, il lui rappelait les immenses affiches en couleurs placardées dans le métro et dans les rues de la ville.

Toute l'année, Bartolo voyait défiler sur papier des corps de jeunes demoiselles un peu trop parfaits et presque nus, des appareils électroniques dernier cri, des alcools raffinés, des denrées appétissantes, de belles maisons, des voitures étincelantes. Ce paradis-là ne l'intéressait pas beaucoup. Une seule fois, il avait succombé devant l'une de ces publicités. Il décida d'acheter le matelas à ressorts dont, il le devinait, elle louait en grosses lettres les avantages et les qualités. Il lui paraissait tellement doux et moelleux qu'il rêvait de s'y enfouir jusqu'au jour où il rencontrerait le Tout-Puissant, le Magnanime, son Seigneur qui serait sans doute miséricordieux et clément avec lui. Hélas, entre le vasistas, le lavabo et l'armoire sans glace, ses yeux étaient restés désespérément ouverts sur la nuit de sa petite chambre où le réveil Japy ne sonnait plus depuis sa retraite longtemps attendue. Comme les bébés, il ne faisait pas ses nuits. Cela ne l'empêchait pas, comme beaucoup de personnes âgées, d'être debout avec les éboueurs, les militaires ou les muezzins dont la voix n'avait pas encore été remplacée par des bandes magnétiques.

Bien que né dans la campagne profonde, Bartolo n'était jamais monté sur un cheval. Il ne possédait pas non plus de permis de conduire pour se balader sur la

Côte d'Azur dans une Peugeot décapotable comme le roi Farouk d'Égypte. Grand amateur de casinos et de vedettes de cinéma, ce dernier avait régné pendant une quinzaine d'années avant d'être renversé par de jeunes officiers. Oubliant parfois de faire le ramadan, la tête couronnée d'un tarbouche rutilant, le roi déchu, devenu un nomade de luxe, portait un smoking, un gros diamant au doigt, des lunettes noires et fumait un immense cigare au-dessous de ses moustaches jouisseuses. Bartolo avait vu par hasard son visage un peu poupin sur une page d'un très vieux *Paris-Match* dans laquelle le marchand de légumes de la rue Dejean avait enveloppé sa botte de menthe fraîche.

« Si t'i tires le gros lot t'i achètes la Pijot et t'i rentres au bled faire la nouba », disait à Zalamite, d'une voix grasse et à l'accent caricatural, Marcel Martinez, *alias* Le Jockey. Petit et rond comme une bouteille d'Orangina, le gérant de la brasserie était méchant. Il l'était devenu encore plus depuis que son épouse, la flamboyante Suzette, l'avait quitté sans remords pour aller vivre avec Étienne Marie-René, le facteur à bicyclette. Un jeune et séduisant Antillais qui pratiquait les arts martiaux, lisait *Le Monde* et ne buvait que de l'eau minérale.

Parce qu'il trouvait le facteur plutôt sympathique,

Bakary, en homme de principes, était sûr d'une chose : jamais il ne mobiliserait sa science pour secourir ce Jockey à la face huileuse et aux bras courts. Mieux encore : il s'appliquerait à contredire l'une des promesses de ses tracts : la traîtresse ne reviendrait pas « ramper telle une chienne » aux pieds du bourricot qu'elle venait de laisser tomber comme une vieille pantoufle. Intelligente et sensible, Madame Suzette, qu'il comparait à une superbe antilope blonde aux yeux de lagon vert, ne retournerait pas dans le marigot d'un misérable crocodile qui préférait le Pastis aux étrangers. Un crocodile avec des valises sous les yeux, à la queue paresseuse et à la mémoire sélective. Il oubliait, ou faisait semblant d'oublier, que son propre père, le respectable Enrique Martinez, était venu d'Andalousie, une terre fleurie durant sept siècles par les ancêtres de Zalamite, jusqu'à la chute de Grenade qui les obligea à faire leurs valises.

Baragouinant l'arabe populaire, à peine plus âgé que Zalamite, les cheveux frisés, le teint olivâtre, le père Martinez, qui ne sortait jamais sans son chapeau gris, s'installait toujours au fond de la salle. Solitaire et silencieux, une canne posée sur les genoux et une écharpe blanche sur les épaules, il semblait faire la sieste sur la banquette de moleskine rouge.

À deux rues de là, par la porte ouverte de la cuisine du foyer emplie toute l'année d'accents et d'odeurs de morue, de mil, de cassoulet ou de couscous, Bartolo entendait, vers trois heures du matin, les corps respirer tranquillement au fond des lits. Il se sentait exclu de ce chant paisible et harmonieux qui circulait à travers la quinzaine de chambres réparties entre le rez-de-chaussée et l'étage. Il se disait que Zalamite, bercé par la bienfaisante chaleur du radiateur, devait sans doute rêver de chevaux fringants et puissants. Il les voyait, braves et généreux, remporter pour lui toutes les courses, toutes les batailles.

Il enviait aussi le bienheureux Bonbon bercé chaque nuit par les anges. Après leurs promenades dans le quartier et leurs escales chez Zaza, Bonbon plongeait facilement dans le sommeil. Avec son caleçon bleu, son bonnet de pirate, il s'enfonçait tel le commandant Cousteau au fond d'une grotte diaprée et accueillante. Le lendemain, il réapparaissait à la surface avec l'œil d'un poisson frais.

Lâché pour cause de force majeure par ses deux compagnons, Bartolo n'était pas, en ces heures nocturnes et blanches, tout à fait seul. Avant d'entendre ronfler, au petit matin, le camion à benne des éboueurs, il croisait une autre insomniaque, Crevette, la chatte au pelage gris et aux yeux pointus de Lucien Guyomar qui avait occupé pendant cinq ans la chambre mitoyenne à celle de Zalamite. Il la rencontrait dans les couloirs, la sentait parfois contre sa jambe lorsqu'il était dans la cuisine au linoléum à damiers taché par les brûlures de cigarettes. Avec une grâce nonchalante, Crevette évoluait entre les placards, la grande table à la toile cirée marron et la demi-douzaine de chaises en plastique vert. Quelquefois, perchée sur le frigo, elle dessinait avec son corps des arabesques avant d'atterrir devant la poubelle ou dans l'évier où elle flairait les restes de nourriture, les assiettes, les casseroles et les poêles pas encore nettoyées. À la mort de son propriétaire, Crevette était restée au foyer, adoptée par les résidents. Anciens ou nouveaux, tous l'aimaient bien et lui faisaient confiance pour se débrouiller toute seule comme une grande.

Un caban sur le dos, une casquette sur la tête, le sourcil broussailleux, tout en os, et le crâne aussi lisse que Fofana Bakary, Lucien Guyomar avait vu le jour dans la presqu'île du Finistère, à Crozon, le chef-lieu de canton où était né Louis Jouvet. Il pouvait réciter tous les titres des films et des pièces de théâtre dans lesquels il avait joué. Il adorait aussi Édith Piaf. Il arborait un tatouage, un dragon surgi du haut de sa chemise pour venir mordre son cou avec ses flammes rouges et jaunes. Des flammes semblables à celles qui léchaient le ventre du juke-box de « La Chope Verte » dans lequel tourbillonnaient les chansons du pays et les tubes en vogue.

Tout le monde s'en souvenait. Un matin, vers dix heures, juste avant les fêtes de Noël, on avait trouvé Lucien Guyomar, au pied de son lit, foudroyé par une crise cardiaque. On l'avait emmené dans un brancard, puis l'ambulance au toit miroitant était partie en couinant dans un tourbillon de neige. Crevette avait miaulé plusieurs nuits devant la porte de sa chambre qui était restée fermée pendant deux mois avant d'être vidée de ses affaires.

Il semblait ne pas avoir de famille. Il acceptait volontiers les invitations à dîner des trois vieux auxquels il relatait quelquefois son séjour à Tiaret, une ville des hauts plateaux où il avait été cantonné pendant la guerre d'Algérie. Il en était, disait-il, revenu meurtri, presque cassé.

Sur son vieux Teppaz, Guyomar écoutait souvent les soixante-dix-huit tours d'Édith Piaf dont la voix chaude et poignante emplissait les escaliers et la petite terrasse du « Foyer de l'Espérance » où le linge prenait tout son temps pour sécher. On disait dans le quartier que cette grande dame née dans une famille pauvre de Belleville était la petite-fille de Madame Aïcha, une artiste nord-africaine qui faisait, dans les années 20, un numéro de puces savantes dans un modeste cirque ambulant.

On racontait aussi que la ravissante rouquine portait des bottes jusqu'à mi-cuisses, un chapeau haut de forme et une tenue affriolante. Une tenue qui aurait certainement fait le bonheur de la belle Zaza, la fan inconditionnelle d'un fils d'immigrés siciliens, le charmant Salvatore Adamo. Depuis peu, elle s'était aussi entichée de la terrible Cheikha Boum-Boum, qui allait bientôt mettre le feu à « La Chope Verte ». C'était Mohamed, dit Med, l'écrivain public, qui la lui avait fait connaître en lui prêtant l'une de ses cassettes ornée de son visage au charme rugueux et aux yeux de braise.

6

Bonbon n'était jamais allé au cirque et n'avait bien sûr jamais porté de haut-de-forme, mais il aimait les chaussures noires à la semelle épaisse et au bout rond. Fabriquées par Bata, elles étaient résistantes, pas chères et faciles à entretenir. Il se souvenait particulièrement de celles qu'il avait achetées avec une paire de chaussettes le mardi 17 octobre 1961. Une date qu'il ne pourrait jamais oublier. Ce matin-là, il les avait emportées dans leur boîte avant de les enfiler et de prendre en fin d'après-midi l'autobus pour la place de l'Opéra. C'était la première fois de son existence qu'il s'aventurait aussi loin dans Paris.

Intimidante et inépuisable, la ville allait s'ouvrir devant lui, d'une façon furtive, à la dérobée, par morceaux, par bribes. Fuyante, inaccessible, elle lui glisserait toujours des mains. Plus tard, il allait connaître quelqu'un capable de se faufiler dans son labyrinthe, Boualem, le taxi-clandestin, un cousin de Mazout.

Bonbon venait de quitter Nœux-les-Mines, ses terrils noirs, sa fosse Lyautey et son interminable rue principale où se trouvait le siège de la Sécurité sociale des mineurs. Il s'était installé dans un hôtel sans douche et sans chauffage de la Goutte-d'Or, à deux pas de la gare du Nord et de l'hôpital Lariboisière où Bartolo soignait son diabète. Comparé à son gîte d'alors pompeusement baptisé « Hôtel du Soleil », « Le Foyer de l'Espérance » était un quatre-étoiles. Encombrées et étroites, les chambres de la rue de la Charbonnière accueillaient chacune une poignée de locataires. La salle de bains se réduisait à un petit miroir portatif, une cuvette ou un seau. Les toilettes se trouvaient sur le palier et des braseros servaient de radiateurs. Mais cela valait mieux que les baraques des bidonvilles de Nanterre ou les caves aux murs ruisselants d'humidité dans lesquelles s'entassaient les plus malchanceux.

Les jours de labeur, on entendait les réveils sonner entre quatre et cinq heures du matin. En ce temps-là, le chômage était rare. Jeunes ou dans la force de l'âge, la plupart exerçaient dans le bâtiment ou dans les durs métiers. Ils pensaient à la terrible guerre qui se déroulait là-bas et à celle, tout aussi terrible, qui avait, il y a peu, opposé, en France, le FLN et le MNA. Trois ans après, le quartier en gardait encore de cruelles traces.

Bonbon s'était lié d'amitié avec un robuste paysan des Aurès qui louait ses bras aux Halles. Tous les samedis soir, ils allaient voir un film arabe du côté de la gare de l'Est, cette même gare où des centaines d'Algériens avaient pris le train pour la boucherie de la Grande Guerre. Beaucoup étaient enterrés à Verdun ou dans la baie de Somme. Son père, qui en était revenu avec une vilaine blessure au dos, disait que dans la vie, pour fuir le malheur, il faut avoir de bonnes jambes et la mémoire vigilante. Avant d'être emporté par le typhus, il touchait, comme le père de Fofana Bakary, une pension à faire pleurer les pierres.

Les deux amis fréquentaient aussi, à la station Barbès-Rochechouart, Le Louxor, avec sa façade de style pharaonique et ses mélos égyptiens. Après les actualités en noir et blanc et les réclames en couleurs sur le savon Lux, « le savon des artistes » et « l'irrésistible » shampooing Sunsilk, les films les embarquaient dans des histoires sentimentales, pleines de chansons et de fantaisie. Ainsi ils montèrent trois fois dans *Le Taxi de l'amour* en compagnie de Mahmoud Aziz, le Charles Trenet oriental. Avec ses costumes croisés, ses cheveux gominés et sa fine moustache, il avait rivalisé, un court moment, avec l'indépassable Farid al-Atrach qui continuait à les faire rêver.

Frileux depuis son enfance, Bonbon était manœuvre dans des chantiers exposés aux duretés du climat et situés le plus souvent loin de son domicile. Le contrat fini, il lui fallait vite chercher un autre emploi. Il aurait aimé être embauché dans une usine, même comme balayeur ou homme à tout faire, pourvu qu'il ait une place stable et un salaire régulier. À l'abri du froid, il aurait alors été moins souvent malade et le mandat qu'il expédiait à sa famille aurait été plus conséquent.

Ce mardi-là, avant de grimper dans l'autobus, Bonbon avait pris soin de plier en quatre un numéro de *France-Soir* et de le glisser dans la poche arrière de son pantalon. Il ne savait certes pas lire, n'avait pas la cervelle politique, ni celle d'une fourmi comme aurait dit l'incontournable Bakary, mais il voulait manifester avec ses frères contre le couvre-feu décrété par la préfecture de police quinze jours plus tôt. Cette dernière interdisait aux Français musulmans d'Algérie et aux autres Nord-Africains de circuler entre 20 h 30 et 5 h 30 du matin dans les rues de Paris et de la banlieue. Bonbon se souvenait aussi que les cinémas et les cafés leur étaient fermés dès 19 heures.

Le cortège était également composé de femmes et

d'enfants. Il partait de la place de l'Opéra pour atteindre le boulevard Saint-Germain en passant par la place de la République et le quartier Saint-Michel. D'autres rassemblements s'étaient formés dans la capitale.

Les forces de l'ordre étaient partout. Elles se tenaient avec leurs cars et leurs fourgons autour des bouches de métro, aux arrêts de bus, aux carrefours. Comme un mauvais présage, la pluie tombait dru, grise et glaciale. Bonbon avançait au milieu de la foule qui coulait pacifiquement le long des boulevards où se succédaient les beaux bâtiments et les belles vitrines. Trempé de la tête aux pieds, il se sentait pourtant au chaud, porté par cette force formidable qui se déployait sur la chaussée. Mais la peur avait, ce 17 octobre, fini par rattraper Bonbon dans ce voyage au cœur de Paris, vécu les yeux grands ouverts, le pas ferme et la bouche sèche. Cette peur lui rappelait celle du grisou dans les galeries de la fosse Lyautey de Nœux-les-Mines dont il redoutait à chaque instant l'effondrement. Avec ses outils et son casque à lampe qui le faisait ressembler à un ver luisant, il y était descendu cinq longues années, le temps, disait-il, de faire tomber sa santé.

L'atmosphère était tendue. Les contrôles d'identité, les perquisitions et les arrestations se multipliaient. Depuis le mois de septembre, des compatriotes avaient été enlevés et torturés. Deux des locataires de « L'Hôtel du Soleil » avaient disparu. On disait qu'ils avaient été assassinés. Pour se défendre, Bonbon n'avait pour seule arme que les pages de *France-Soir*. Il les étalerait sur le ciment froid d'une cellule ou d'une cave clandestine s'il était arrêté. Une petite précaution soufflée par un militant de la Fédération de France, chargé de collecter les cotisations dans le quartier et d'encadrer une partie des manifestants.

En approchant de Saint-Michel, Bonbon avait soudain senti que ses chaussures lui serraient les pieds, surtout le gauche. À peine mises, gonflées par la pluie, elles lui brûlaient le talon et l'extrémité du petit orteil. Il n'avait pas de coton, de sparadrap ou de chaussettes plus épaisses pour faire face à ce handicap qui commençait à entraver sa marche. Il eut alors l'idée d'utiliser un morceau du *France-Soir* pour envelopper son pied. Mais, après une centaine de mètres, il fut obligé d'abandonner le cortège et de rejoindre en claudiquant une porte cochère. Le cœur en peine, il regarda s'éloigner les derniers manifestants qui tournaient au coin du boulevard. Assis, les pieds à l'air, il continuait de guetter l'avancée de la foule quand, soudain, une violente clameur s'éleva du côté du fleuve. Ce mardi-là, au milieu des insultes, des hurlements et des coups de matraque sur la tête, des corps qu'il venait de côtoyer furent avalés par les eaux noires et glacées de la Seine.

En souvenir de cette nuit sanglante, Bonbon avait gardé la boîte en carton couleur de sable où il conservait sa vieille carte d'identité, des photos de sa fille, de ses petits-enfants et le livret de famille aux pages jaunies et à l'encre un peu passée.

7

À peine moins exiguës qu'un Photomaton de Prisunic, les toilettes à la turque de « La Chope Verte » servaient souvent de cabine d'essayage. C'est là que Zalamite avait étrenné le costume aux larges poches porté durant son étrange rêve commencé au lever du jour, à la gare du Nord, quai n° 8. Réaliste et intéressé, les oreilles toujours grandes ouvertes, Mazout, qui avait travaillé dans la friperie, fermait ses petits yeux noirs sur ce défilé de mode animé par les vendeurs à la sauvette. Tous lui témoignaient du respect et savaient se montrer reconnaissants à l'occasion.

Zaza trouvait aussi sa place dans ce commerce entre hommes. Les moins timides lui demandaient son avis sur les vêtements qu'ils voulaient acheter. Quant à la lingerie fine, ils préféraient, comme les dames de la bonne société qui venaient consulter Hadj Fofana

Bakary, se la procurer discrètement chez Tati. Il ne fallait surtout pas montrer ce que leurs mères, leurs épouses, leurs filles, leurs sœurs et leurs nièces restées là-bas mettraient sous leurs robes et dans leur intimité. Cela ne se faisait pas.

Deux ou trois fois par mois, Zaza jetait son dévolu sur des articles qu'elle payait à tempérament ou au comptant quand ils n'étaient pas chers. Elle les essayait dans la minuscule cuisine où elle préparait, lorsque Mazout était bien disposé, une kémia à damner l'imam le plus austère. Quand une jupe, un jean ou un pull lui plaisait, elle ne résistait pas à l'envie de le porter le jour même.

C'est en lui achetant un sac à main en faux lézard et fermoir en métal argenté que Zaza fit la connaissance du frétillant rossignol. Tout de suite, il lui donna des couleurs aux joues et des picotements aux seins. Il l'avait tout simplement ensorcelée avec ses yeux bleus et ses mains d'artiste. En France depuis une bonne dizaine d'années, il avait vivoté à Strasbourg, à Colmar et à Saint-Dié avant de planter sa tente à La Garenne-Colombes.

Il était resté aussi quelque temps en Allemagne où il avait, disait-il, vécu comme un pacha avec une baronne d'âge mûr qui avait un faible pour la choucroute et le ski. N'ayant pas d'atomes crochus ni avec le porc ni avec la montagne par moins quinze degrés, il avait, selon lui, pris très vite la poudre d'escampette. Sans regret, il avait ainsi, claironnait-il, abandonné la clé d'un appartement luxueux, une Mercedes, une vingtaine de costumes griffés, une trentaine de paires de chaussures sur mesure et autant de voyages dans de jolis pays. Les méchantes langues disaient qu'il était parti parce que les poux de la misère lui avaient mangé la tête.

Svelte et élancé, une chaîne en or autour du cou, le lascar s'habillait, disait Zaza d'une voix énamourée, comme un président de la République. Toujours souriant, la parole croustillante tel du bon pain, il proposait des radiocassettes, des magnétoscopes, des rasoirs électriques, des appareils photo, des parfums, des bijoux, des lunettes de vue et même des dentiers tout neufs. Il était fier d'avoir vendu une élégante machine à écrire portative à Med, l'écrivain public. Elle était pratique pour lui, car il officiait le plus souvent dehors, sur les marchés, dans les cafés comme à « La Chope Verte » où il transformait pour l'occasion une table en bureau. Il faisait également des piges pour des journaux et une radio associative.

La plupart des clients ne s'interrogeaient pas beaucoup sur la provenance de la marchandise quelquefois revendue en seconde main. On la retrouvait souvent au pays, où elle était selon les saisons cédée dix ou quinze fois sa valeur. Entre deux tournées, deux chiques ou deux promesses, les plus avertis négociaient des facilités de paiement, la durée du crédit et les délais de livraison. Sans complexe et sans catalogue, on comparait également les prix à ceux des grands et des petits magasins qui pullulaient dans le coin.

Un commerce qui n'était pas sans risque. Beaucoup avaient encore dans l'oreille le terrible cri qui s'était élevé, un après-midi de juillet, derrière la porte des toilettes où, en été, Zaza prenait parfois une douche. Au milieu des claquements secs des dominos et des tressaillements du juke-box, toute la salle reconnut la voix électrique de Zalamite. Sa douleur n'était pas due à ses hémorroïdes, à une méchante chute ou à une redoutable paire de ciseaux. Ce jour-là, le malheureux avait failli tout simplement être circoncis, pour la seconde fois, par les mâchoires de la fermeture Éclair d'un pantalon Tergal qu'il voulait porter pour la fête de l'Aïd-el-Kébir. Remontant le sien d'un geste vif, Bartolo vola bravement au secours de son compagnon qu'il retrouva tremblant et livide. En colère, le front en sueur, Zalamite jurait, au milieu des rires, qu'on ne le reprendrait plus à ce jeu de gamins. Pendant plus d'une semaine, il surveilla d'un œil inquiet l'état de son intimité et ne se rassura que lorsque tout rentra dans l'ordre.

Zalamite avait divorcé trois fois et n'avait pas d'enfants. S'il voulait se remarier, comme l'avait prédit le mage Hadj Fofana Bakary, il avait intérêt à bien préserver son petit oiseau, même s'il n'avait plus grand-chose à picorer avec ses trois ou quatre dents qui ne tarderaient pas elles aussi à s'envoler.

8

Ce samedi-là fut un jour particulier pour « La Chope Verte ». On sentait de la fébrilité dans l'air, une sorte d'impatience qui donnait à Zaza une joie perceptible dans sa façon de servir, de laver les verres, d'essuyer les tables, de plaisanter avec les clients. Pour l'événement, elle était allée tôt chez la coiffeuse et attendait la dernière heure pour revêtir, comme une jeune mariée, son magnifique caftan confectionné à Tlemcen. La veille, elle l'avait soigneusement plié avant de le mettre dans son sac de voyage avec ses chaussures aux fines dorures, sa trousse de maquillage et son foulard aux couleurs chatoyantes.

Veste vert pistache, pantalon gris et col roulé noir, Mazout semblait, à son tour, contaminé par cette ambiance. Elle le rendait un peu nerveux et moins pingre qu'à l'accoutumée. Charitable et bienveillant, il avait fait préparer par Zaza une superbe kémia composée d'escargots en sauce, de langue de mouton et de petits morceaux de gruyère. Pour ne chagriner personne, elle avait ajouté la harissa et les piments crus.

La salle était pleine à craquer. Il avait fallu ajouter des chaises, des tabourets et de solides casiers de bière vides. Étaient, entre autres, présents : Brahim le coiffeur de la place d'Aligre avec sa moustache à la Clark Gable, Hamouda le boucher tunisien qui vendait en bas de la rue de la viande halal, son voisin Ouazani, le restaurateur marocain réputé pour ses tripes de mouton aux carottes et aux oignons dont raffolait Zalamite. Un magnétophone sur les genoux, Med était accompagné de son épouse Solange vêtue d'une belle robe à bretelles.

Tout en agitant son épaisse gourmette, Mazout jetait des regards furtifs à travers la vitre couverte d'affichettes. D'un instant à l'autre, le taxi clandestin, piloté par son cousin Boualem qui connaissait Paris comme sa poche, allait franchir le pont métallique sous lequel roulaient les trains de banlieue. À moins que, pour aller plus vite, il ne contourne la gare du Nord avant de traverser la place de l'église aux portes bleu ciel et dont les rues adjacentes portaient des noms de saints. Dans tous les cas, Mazout pouvait faire confiance à son cousin, un homme d'expérience et de terrain qui lui rendait souvent visite.

Avant de gagner son pain avec un volant, Boualem, un gars râblé et à l'air fonceur, avait fait trente-six petits boulots, garçon de courses, vendeur de fleurs, de journaux, coiffeur à la sauvette, veilleur de nuit, laveur de voitures. Il avait même été figurant dans un film avec Jean-Paul Belmondo. Il aimait exhiber le précieux autographe que lui avait signé la célèbre vedette. C'était l'un de ses plus beaux souvenirs.

Boualem était, à lui seul, une société de transport en tout genre. Il avait conduit à bon port un vrai Anglais avec sa pipe, un curé en soutane, l'imam en burnous de la rue Myrha, un Kurde moustachu, une femme près d'accoucher, des familles nombreuses, des cageots de légumes, des barriques de vin et des moutons à l'abattoir, le jour de l'Aïd-el-Kébir.

Tout le monde était sur le qui-vive. Tous s'apprêtaient à passer une formidable soirée. Elle commença avec l'arrivée en fanfare de la 504 Peugeot cinq cylindres devant le bistrot, tous feux allumés et le klaxon enjoué. Entourée de ses deux musiciens dont l'un était élégamment enturbanné, la star tant attendue pénétra majestueusement dans « La Chope Verte ». On installa avec soin Cheikha Boum-Boum sur une petite estrade recouverte d'un joli tapis, juste à côté du juke-box qui venait d'être débranché. On pouvait bien se passer de ses services. Dans quelques instants, on serait en direct avec la voix du bled. Une vraie de vraie, chaleureuse, excitante, une voix gourmande qui savait se passer de micro pour parler au cœur et aux sens. Dans sa somptueuse robe traditionnelle et l'éclat de ses bijoux, Cheikha Boum-Boum continuait, à presque soixante ans, de mettre le feu dans les jambes et dans les têtes des femmes et des hommes aux cheveux noirs ou blancs, naturels ou colorés. Med la trouvait humble, authentique et rayonnante. C'est ce qu'il avait écrit dans un article pour un magazine consacré à la culture maghrébine et qui avait malheureusement capoté au bout de trois numéros.

Dès les premiers gémissements de la flûte, les tressautements allègres de la derbouka, chacun se sentit transporté derrière la Méditerranée. On n'avait pas besoin de bateau, d'avion, ni de chameau ou de tapis volant, comme aurait ironisé Marcel le Jockey avec sa voix grasse et ses airs supérieurs.

Zalamite pourrait, pour cette nuit, se passer de train ou d'un voyage à pied le long des rails pour rejoindre son village planté comme un cactus sur la colline. Ressuscités et habillés comme à la noce, ses gentils parents l'attendaient en souriant avec du lait et des dattes ; sans craindre de mouiller le bas de son costume ou de se cogner le haut du front, cette fois il boirait avec plaisir l'eau de la fontaine à la bouche étroite et grise. Même saumâtre, elle aurait pour lui un goût de miel.

En une fraction de seconde, Zaza retournerait, quant à elle, dans la petite vallée de son enfance, au mariage de son oncle pimenté par les youyous et les coups de pétoire du grand-père. En signe de joie, le patriarche jetterait aussi dans le ciel criblé d'étoiles son turban en nylon qui s'ouvrirait comme les ailes d'un oiseau blanc.

Les bouteilles de bière défilaient sur les tables qu'on avait rapprochées et les billets de banque atterrissaient sur le plateau en cuivre posé aux pieds teints au henné de la chanteuse. Assise en tailleur, les mains sur ses cuisses énergiques, la poitrine opulente, Cheikha Boum-Boum dégageait un charme âpre, prenant. Sa voix, entêtante et combative, tourbillonnait dans la fumée de cigarette et l'odeur de la sauce d'escargot qui s'infiltrait partout. À la fois douce et rude, elle racontait les montagnes maternelles, les enfants perdus, les destins contrariés, les séparations, les blessures toujours vives de l'amour.

Guillerets et bariolés, les oiseaux commençaient à chanter dans la tête des trois compères, et le patron, dopé au sang de lion, était sur orbite. Fidèle à son surnom, Mazout pensait à la quantité de « carburant » écoulé et à l'invulnérable Zaza, splendide dans son caftan et gracieuse dans ses gestes. Le caractère bien trempé, elle avait, il en était sûr, vite effacé de sa mémoire le misérable rossignol qui était en train de se déplumer derrière les solides barreaux d'une cage en acier et en béton armé.

Dans son style toujours fleuri et animalier, Hadj Fofana Bakary aurait pu ce soir-là comparer Mazout à un tigre affamé convoitant une gazelle fraîche et dodue. Une gazelle qui s'était, sans crier gare, mise à danser en imitant sa mère et les femmes de la vallée. Sur le rythme lancinant des tambourins et des tbals, elle revoyait certains de leurs visages, de leurs parures, entendait le bruissement de leurs bracelets et les youyous qui fusaient entre leurs lèvres rouges comme des cerises.

Le foulard serré autour des hanches, elle renouait avec des gestes anciens enfouis dans son corps, dans ses fibres. Ses cuisses de panthère ne l'empêchaient pas d'onduler telle une liane de chair douce et parfumée devant les yeux admiratifs du sorcier venu de la Casamance. Un marabout dont le père avait, malgré sa dérisoire retraite de tirailleur, régné tant bien que mal sur un harem turbulent qui avait fini par avoir raison de ses forces.

Ce qui n'était pas, ce jour-là, le cas de Bartolo. Plein d'énergie, prenant tout le monde par surprise, il se leva soudain pour accompagner Zaza. Oubliant ses soixante-dix ans, son diabète et ses courbatures, il tournait autour d'elle, léger et audacieux. Puis autour de Solange qui les avait rejoints, en faisant tournoyer au-dessus de sa tête un grand mouchoir bleu.

Bartolo pensait-il, ce soir-là, à Josette, la fille de Marseille avec laquelle il n'avait pas osé danser ? Trente ans plus tard, il n'arrivait pas à oublier ses yeux clairs, sa robe à fleurs, leurs étreintes, leurs promenades sur la plage et son départ une nuit d'hiver. Les jambes alertes, les bras levés au ciel, encouragé par les claquements de mains, il se déhanchait sous les regards amusés de Zalamite et de Bonbon. Grâce aux bons médicaments délivrés sans ordonnance par Cheikha Boum-Boum, Bartolo prenait enfin une belle revanche sur sa timidité et sur l'insomnie qui creusait de plus en plus son visage.

Ce samedi-là, tous avaient vingt ans. Tous étaient contents. Dehors, la pluie s'était, elle aussi, mise à danser.

9

Grand, le teint brun et les yeux couleur noisette, Med était, comme Zaza, né en France. Lui à Courbevoie, elle à Pantin.

Ceux qui le connaissaient l'appréciaient et le respectaient. Il avait toujours un journal, un livre dans la main ou dans sa serviette en cuir. Il était celui qui savait lire et écrire. Ils lui confiaient des bribes, des morceaux de leur existence qu'il couchait avec soin sur le papier. Eux, ils avaient écrit leur histoire avec l'encre de leur sueur. Devant lui, ils pouvaient cabosser, déchirer, estropier la langue française et laisser librement chanter leur accent qui avait la nudité rugueuse des cailloux de l'oued. Med ne se moquerait pas d'eux comme le faisait Marcel le Jockey ou n'importe qui d'autre. Il était leur interprète, leur intermédiaire, le fils qu'ils auraient peut-être aimé avoir.

Il était aussi celui qui avait épousé une jolie Française, Solange, une copine de Zaza, qu'il avait connue au lycée et qui était née, comme lui, à Courbevoie. Elle parlait un peu l'arabe et enseignait dans une école primaire. Elle lui avait donné deux beaux enfants, un garçon de neuf ans et une fille de douze, Samir et Sara. Ils habitaient un petit appartement à l'angle du boulevard Barbès et de la rue Labat où se rendait quelquefois Zaza.

Chaque jour, Med croisait des chibanis dans le quartier dont on venait d'entamer la rénovation. Des palissades de chantier gagnaient peu à peu les trottoirs, encombraient des coins de rue de Barbès. Derrière, des maisons à la mine grise tombaient comme de vieilles dents cariées. Il apercevait les lambeaux de papier peint, l'empreinte laissée par un calendrier, les zébrures du plafond, le fil nu d'une ampoule, le chambranle d'une porte arrachée, d'une fenêtre aux vitres brisées.

Entre les pans de murs, les morceaux de cloison, Med devinait les silhouettes, les ombres, la présence de ceux qui avaient vécu là et de ceux qui y étaient morts. Il se disait qu'il restait encore des traces de la vie des siens, des gens de ce quartier.

Depuis longtemps, il avait le projet d'écrire un livre

sur tous les chibanis de Barbès - La Goutte-d'Or. Un livre simple et limpide, où ils seraient comme chez eux. Un roman sans graisse et sans prétention qui les accueillerait avec leurs forces, leurs fragilités, leurs tatouages, leurs rides et leurs rêves.

Med parlait la langue, leur langue, celle de ses parents analphabètes et de condition modeste. Il l'avait toujours parlée à la maison, où il était l'aîné de cinq enfants. Mais il lui faudrait apprendre à mieux entrer dans le temps des chibanis, dans leurs habitudes, à se glisser dans leurs silences, à lire sur leurs lèvres comme s'ils étaient muets. Il ramasserait leurs paroles éparpillées, dépareillées, parfois décousues, les tisserait ensemble. Il se méfierait des grands cris, des grandes phrases enturbannées, ou de celles qui s'adonnent à la danse du ventre. Il fuirait les jérémiades, l'apitoiement ou l'orgueil mal placé. Il lui faudrait aussi trouver le meilleur moyen d'approcher, de cerner, d'évoquer leurs vies qui ressemblaient à une valise sans poignée.

Dans ce voyage de l'écriture qui le conduirait aussi vers lui-même, il mettrait ses souvenirs, ses parents, son enfance, ses trente-cinq ans un peu fatigués, ses doutes, ses envies, ses manques. Mais surtout il parlerait de ceux venus d'ailleurs. Insomniaques ou plongés dans un sommeil profond, ils se tenaient entre deux portes, entre deux seuils, entre deux gares avec leurs bagages et leurs fantômes. Souvent taciturnes, ils ne faisaient pas beaucoup de bruit, se plaignaient rarement et ne savaient pas vouvoyer les autres.

Ils avaient connu l'humiliation, les maladies, ils avaient dû cacher, essuyer leurs larmes, ravaler leur colère. Ils avaient laissé leurs femmes et leurs gamins de l'autre côté de la mer. Il évoquerait les bordels, l'abattage, les hôtels borgnes, les gargotes, la poste d'où chaque mois le mandat était expédié vers la famille. Il parlerait de la radio écoutée en silence et des chansons qui nouent la gorge.

Il y avait du bon et du mauvais dans leur vie. Il aurait le courage, l'honnêteté de dire que tout n'était pas sombre, qu'ils pouvaient, malgré les injustices, manger à leur faim, se soigner, apprendre un métier, bénéficier de la retraite, venir en aide à leurs proches.

Les plus chanceux ou les plus argentés retournaient chaque année les voir. Ils se sentaient plus apaisés, moins coupables. Pour les autres, endormis ou éveillés, quand le poids du ciel et de la solitude était trop lourd, ils partaient, tel Bonbon, presque sans réfléchir, répondant à un appel surgi du plus loin d'eux-mêmes.

Comme Bonbon, Bartolo et Zalamite, Med était attiré par la gare du Nord. La nuit, avant la fermeture des grilles, il la sentait s'alléger de sa lumière, se vider doucement de ses millions de pas, de ses bruits sourds ou aigus. On commençait à la laver, à la nettoyer, à la préparer pour les premiers départs. Comme les vieux, elle dormait peu et se levait tôt.

À l'entrée, sur une plaque en forme d'écusson, il avait lu qu'elle était née en 1845. Quinze ans plus tard, elle avait été agrandie à cause de l'extension du trafic vers la banlieue. Sa façade, découpée pierre par pierre, avait été alors transportée par train jusqu'à Lille pour devenir celle de la gare actuelle, une gare surmontée d'un étage et d'une grande tour d'horloge. Bonbon l'avait connue à l'occasion des combats de catch.

Bernard, le grand-père de Solange, ancien gérant d'une épicerie-tabac à Montmartre, lui avait également appris que le nom de la Goutte-d'Or provenait du petit vin blanc tiré des vignes plantées dans ce quartier. Un morceau d'histoire de Paris marqué par le soulèvement et le massacre des Communards. Humiliés, vaincus, un bon nombre d'entre eux avaient été déportés en Algérie.

Dans ce roman qu'il se promettait d'écrire bientôt, il tenterait de mêler, de mélanger tout ça, hommes, faits, rêves, sentiments, caractères, existences, mémoire collective. Oui, ce voyage vers les autres et vers tous les chibanis valait la peine d'être accompli. Ils étaient les derniers d'une histoire courte mais intense.

Med avait épousé Solange après son service militaire effectué au début des années 70 à Tlemcen, où le caftan de Zaza fut brodé et cousu à la main. Il était resté presque vingt-quatre mois dans cette ancienne capitale du Maghreb central baptisée par les Romains Pomaria, « Les Vergers ». Il s'était intéressé au passé de la cité, aux dynasties des Almohades, des Abdalwadides et des Zianides qui, avec les Arabes et les Juifs chassés d'Andalousie après la chute de Grenade, lui donnèrent son lustre. Il dévorait aussi les livres du grand Mohammed Dib, un enfant du pays qui vivait en France depuis des dizaines d'années.

Il se passionnait également pour la vie et l'œuvre de l'émir Abd el-Kader. Ce poète, soufi et guerrier – son père lui en avait brièvement parlé –, avait vécu à Tlemcen à la suite du traité de la Tafna qu'il signa avec le général Bugeaud, en 1837, huit ans avant l'inauguration de la gare du Nord. Après une longue résistance contre l'occupation française, il fut, durant quatre années, interné à Toulon, à Pau et au château d'Amboise où reposait la dépouille de Léonard de Vinci. Lorsqu'il était autorisé à sortir, l'Émir, enveloppé dans ses burnous, aimait se rendre dans la minuscule gare de Limeray située près du château pour regarder, comme les trois vieux, les trains qui venaient de faire leur apparition en Touraine.

Après son séjour forcé dans la ville turque de Bursa, l'émir Abd el-Kader mourut à Damas, en exil, comme Armand Barbès qui avait donné son nom à ce quartier victime d'une mauvaise publicité et qui, malgré tout, continuait à brasser lentement, patiemment des populations, des tempéraments, des trajectoires, des destins. Né à Pointe-à-Pitre, ce républicain acharné avait été lui aussi emprisonné pour avoir tenté de constituer un gouvernement d'insurrection.

Med rêvait parfois pour l'Émir d'une ultime cavalcade, d'une dernière chevauchée. Un jour de printemps ou d'été, elle le ramènerait au pays dans une locomotive dont la force et l'élégance ressembleraient à celles de son coursier, un cheval noir qui avait connu les pires batailles et les plus belles défaites.

10

Ça l'avait pris d'un coup. Une pulsion, une envie forte, un besoin irrépressible de partir. Et puis le mois du ramadan approchait. Cela tombait bien, Bonbon voulait le passer chez sa fille Badra. Il lui fallait sans tarder acheter son billet d'avion à l'agence Air-Algérie de l'avenue de l'Opéra.

Il s'était levé de bonne heure car l'attente risquait d'être longue et pénible. Elle l'était cependant moins que pendant les vacances d'été, où les guichets étaient carrément assiégés. Mais rien ne pouvait infléchir sa décision, le dissuader d'aller au pays, même s'il ne connaissait personne dans la ville où s'était installée Badra. Ses copains du village étaient pour la plupart morts ou terminaient leurs jours ailleurs. Il irait se recueillir sur les tombes de ses parents et de sa chère épouse. De toute façon, il ne se sentirait pas seul. Badra, ses deux fils et leurs huit enfants l'attendaient avec joie.

Avant que Boualem ne le conduise à Orly-Sud dans sa 504, il avait fait ses achats, rempli patiemment ses valises, préparé de la grosse ficelle, des ciseaux et un bon rouleau de ruban adhésif. Il avait aussi prévu de l'argent pour l'inévitable excédent de bagages. Il lui était difficile de bouger dans sa chambre pleine des cadeaux qu'il offrirait aux siens, simplement, sans ostentation. Des choses utiles comme des vêtements pour l'hiver, des médicaments ou de l'électroménager qui étaient là-bas hors de prix, voire introuvables.

Sous le regard de Crevette qui se glissait parfois dans sa chambre, il avait fait une dernière fois l'inventaire de ses paquets pour vérifier qu'il n'avait rien oublié. Il était enfin prêt pour le grand voyage. Quatre ans auparavant, il avait voulu l'accomplir. Ce désir ne s'était pas réalisé, sans doute à cause du mektoub, contre lequel on ne pouvait rien.

C'était décidé, quoi qu'il arrive, demain il ne raterait pas le Boeing 727 qui l'attendait. La veille, un bon hammam lui avait fait délicieusement craquer les os et il avait senti ses vieux muscles se dénouer. Il était allé aussi chez Brahim, le coiffeur. Il lui avait demandé de bien lui dégager la nuque et les oreilles. Le soir, il avait partagé un dernier repas avec ses deux amis. Avant d'arriver au dessert, il lui semblait que Zalamite n'avait pas l'air dans son tajine. Il touchait à peine au poulet aux pruneaux. Il sentait confusément qu'il brûlait de lui confier un important secret.

Après avoir repassé avec soin sa chemise et son pantalon, Bonbon s'était mis au lit, la tête enfoncée dans son bonnet de pirate. Mais, comme Bartolo, il n'arrivait pas à fermer les yeux, impatient de quitter le foyer, de retrouver l'air du pays. Et puis lentement, le jour J s'était levé. Il fit sa toilette, se rasa, ôta son caleçon, s'habilla de neuf et enfila de nouvelles chaussures, comme d'habitude noires et aux semelles épaisses.

Naturellement, Bartolo et Zalamite l'avaient accompagné à l'aéroport. Avec Boualem, ils l'avaient aidé à porter ses nombreux bagages solidement fermés, ses couvertures aux couleurs chaudes pliées dans des housses de plastique transparentes. Elles ressemblaient à celles que Bonbon avait gagnées à Arras.

À son retour, c'était promis, il rapporterait à ses compagnons des gâteaux aux amandes pilées faits par sa fille, des dattes, du merlan et des rougets pêchés au large de Mostaganem où avait vécu Cheikh Hamada, un autre interprète qu'ils admiraient beaucoup. Le poisson de là-bas avait pour eux meilleur goût que celui vendu à Paris. Cela les changerait du congelé, des légumes et des fruits sans grande saveur.

Zaza, elle, aurait des tchoumbos, des makrouds et du henné de la marque Masria, de qualité supérieure. Sur la boîte, l'oreille parée d'un anneau étincelant, une ravissante Égyptienne aux allures de Gitane souriait. Elle avait la peau brune, les lèvres brillantes et, grâce à ce produit miracle, la chevelure évidemment flamboyante.

Les bagages avalés par le tapis roulant, ils se rendirent en empruntant l'escalier mécanique au hall des départs, où ils prirent un café au comptoir. Entre les murs recouverts de marbre, il leur semblait que l'atmosphère était différente de celle de la gare du Nord. Elle était plus feutrée, moins bruyante. Tout paraissait plus luxueux, les boutiques, l'éclairage, les salles d'attente. Il n'y avait pas de verrière, de lampadaires, de vieux piliers en fonte ou de métro souterrain.

Les gens paraissaient moins nombreux et plus calmes que Zalamite, de plus en plus excité. Il ressemblait à une mouche enfermée dans un verre. Derrière la grande baie vitrée, les avions de toutes les tailles, de tous les pays pointaient leurs fins museaux au milieu des camions de carburant et des véhicules de service. Leurs grandes ailes touchaient presque le bâtiment gris et blanc d'où ils les apercevaient sagement alignés sur le tarmac. Bartolo se demandait comment ils faisaient pour flotter dans le ciel avec tout ce qu'ils transportaient.

L'heure du départ approchait. Précédée d'une petite musique, une voix suave et parfumée invita les voyageurs à embarquer. Avant de passer au contrôle, Bonbon, le cœur battant un peu plus fort, s'assura une dernière fois de son billet et de ses papiers. Il remarqua que Zalamite restait un peu en retrait, comme s'il tentait à nouveau de lui parler seul à seul.

Encore quelques secondes et Bonbon serait de l'autre côté, absent pour un bon bout de temps. Ouvrant chaleureusement ses bras, il commença par donner l'accolade à Boualem, puis à Bartolo et enfin à Zalamite qui, la voix émue et le visage rouge, lui souffla discrètement à l'oreille : « Dis à ta fille de me trouver une femme. Pas capricieuse et, si possible, pas trop vieille. Je compte sur toi. »

Là-haut, dans l'avion, les bras sur l'accoudoir et la ceinture bien attachée, Bonbon se disait, au milieu des nuages, que Zalamite n'était pas près de perdre les trois ou quatre dents qui lui restaient. Elles lui serviraient peut-être pour la dernière fois à mordre tendrement dans la pomme de l'amour, dans la chair de la vie.

11

Une semaine après l'absence de Bonbon, Bartolo et Zalamite essayaient, entre le foyer, « La Chope Verte », les promenades et les marchés, de s'occuper comme ils le pouvaient. Le temps leur semblait long sans leur camarade qui partageait avec eux depuis une éternité le pain et le sel.

À deux heures de vol de Barbès - La Goutte-d'Or, Bonbon, en prenant soin de ne déranger personne, avait peu à peu trouvé ses marques chez sa fille. Un trois-pièces assez grand qu'elle partageait avec son fils aîné et sa famille dans un immeuble débordant d'enfants. Sept ou huit par appartement. Les fenêtres s'ouvraient sur le boulevard qui coupait presque en deux ce vieux quartier de la Marine aux façades pour la plupart défraîchies. En raison de l'instabilité du sol, les maisons tombées en ruine n'avaient pas été rebâties.

Habitées par les herbes folles, elles servaient parfois de dépotoirs ou de caches pour les adolescents et les buveurs. Plus féroces que la douce Crevette, les chats y rôdaient pour débusquer les rats qui couraient sur les gravats et entre les armatures en fer rouillées. De l'autre côté de la pêcherie, au-dessus des entrepôts abandonnés, les bâtisses qui tenaient encore vaillamment debout avaient la pointe des pieds dans l'eau.

L'humidité était ici chez elle, particulièrement le soir. Bonbon la ressentait parfois au creux de ses os. Mais, à la différence de Zalamite qui souffrait de rhumatismes, il ne s'en souciait guère. Cet après-midi-là, ce qui l'avait un peu inquiété, c'était plutôt l'éclair qui avait traversé sa poitrine. Il était plusieurs fois tombé malade, mais n'avait jamais connu cette sorte de douleur foudroyante et inattendue. Elle était peut-être due à la fatigue, à la tension du voyage, à l'émotion de revoir ce qui lui restait de famille. Faute de visas, sa fille et ses petits-enfants n'avaient jamais pu, au grand regret de Bonbon, lui rendre visite. Toutes ces années, ils s'étaient contentés de communiquer par lettres, et le plus souvent par téléphone.

Dans le taxi qui le ramenait de l'aéroport avec le plus jeune de ses petits-fils, il s'était remémoré, en passant près du port, son départ pour Marseille sur le *Ville-d'Oran*, près de trente ans plus tôt. Sur un autre quai, des soldats du contingent en treillis kaki descendaient d'un navire de guerre, avec leurs rangers et leurs bardas sur le dos. Lucien Guyomar était peut-être l'un d'eux, s'apprêtant à grimper, avec ses vingt ans et son fusil, dans un GMC pour rejoindre Tiaret.

La veille de son embarquement, Bonbon avait rejoint la ville dans un autocar lent et poussiéreux qui s'arrêtait dans presque tous les villages. Après ce trajet qui avait duré quatre longues heures, il s'était dirigé vers le quartier populaire encadré par le commissariat central, l'hôpital civil et la prison. Il avait dîné dans une gargote et occupé un des matelas du hammam « La Fleur du Ciel », transformé la nuit en hôtel. À cause de la chaleur moite et de l'odeur piquante du savon et du shampooing, il n'avait pu fermer l'œil qu'une heure ou deux, sa petite valise et ses chaussures à portée de main.

Le matin, il s'était rendu à pied au port en traversant le centre-ville qui paraissait insouciant et prospère. Des militaires en armes stationnaient devant les marches en marbre de la Banque d'Algérie plantée sur une avenue bordée de palmiers. Ses lourdes portes en fer forgé et ses immenses colonnes blanches lui donnaient un air de temple impérial. En face, le lycée Lamoricière, du nom du général qui reçut, avec le duc d'Aumale, la reddition de l'émir Abd el-Kader, ressemblait, avec ses nombreuses cours intérieures et ses préaux ombreux, à une vaste caserne aux murs ocre. Sur son aile gauche, des salles de classe surplombaient le front de mer qui conduisait, en longeant le bas de la promenade de Létang, vers la manufacture de tabac Bastos. Plus loin, les plages commençaient après la base navale de Mers el-Kébir où la flotte française avait été coulée, en juillet 40, par l'aviation anglaise.

Ses papiers dans une main, sa valise dans l'autre, Bonbon était monté sur l'échelle de coupée, les jambes un peu flageolantes, une légère angoisse au ventre. À la tombée de la nuit, le bateau, dont l'allure et la masse l'avaient drôlement impressionné, leva enfin l'ancre. Enfoncé dans son siège, Bonbon essaya de dormir pour oublier le mal de mer et le vent frais qui le faisait frissonner malgré son manteau. Avant de se rendre au port, il avait acheté un cache-nez, du matériel de rasage, du linge de corps et de quoi manger au marché situé près du hammam « La Fleur du Ciel » où il avait pris un bain qui l'avait détendu pour un bon moment.

C'est dans ce même marché à ciel ouvert qu'il était revenu pour remplir le couffin le lendemain de son arrivée chez sa fille. Entouré de petits vendeurs de cigarettes au détail et de vieilles femmes qui proposaient des paquets de lessive, des fèves bouillies, des gants de toilette, de la coriandre et du pain rond, il choisissait avec soin, comme à Paris, ses fruits et ses légumes. Ils n'étaient pas très variés, mais ils poussaient ici sans produits chimiques. Il prenait aussi du poisson, de la viande, du poulet. Malgré les prix exorbitants, il ne comptait pas car il voulait faire plaisir aux gens qu'il aimait. Occupant des emplois modestes, ses petits-fils avaient du mal à joindre les deux bouts, à payer régulièrement leurs loyers. Badra ne travaillait pas. Elle avait, il y a une dizaine d'années, perdu son mari après une longue maladie. Comme son père, elle ne s'était pas remariée.

Bonbon était content d'être parmi les siens, de partager le ramadan avec eux. Il pensait à Bartolo et à Zalamite, aux plats qu'il leur préparait, à leurs soirées à « La Chope Verte ». Ce mois-là, autour d'une partie de cartes ou de dominos, ils ne buvaient que du café, du thé ou de la limonade en bavardant, entre deux bouchées de gâteaux au miel, avec Zaza et avec Bakary qui respectait lui aussi la quatrième obligation du Coran. Comme un paon en col roulé, Mazout devait encore tourner autour de la petite en agitant sa gourmette. Bonbon souhaitait à Zaza un bon mari et des enfants costauds. C'était une fille courageuse et sensible qui n'avait pas eu de chance.

Avant de reprendre l'avion, il n'oublierait pas de redire à Badra de chercher une épouse prévenante et attentionnée pour Zalamite. Il ne faillirait pas à sa parole et il serait content pour lui. Cela ferait aussi plaisir à ses parents qui avaient déserté le cimetière pour assister à son mariage. Son étrange rêve aurait enfin un sens.

La télévision allait annoncer la rupture du jeûne. L'immeuble avait soudain gagné en calme, il se vidait des cris des enfants, de leurs courses dans les escaliers que Bonbon, le ventre vide et la gorge sèche, avait de la peine à gravir. Il s'emplissait maintenant de délicieuses odeurs de cuisine qui filtraient sous les portes. Sur le boulevard, on entendait les derniers automobilistes filer à toute vitesse vers leur domicile où les victuailles les attendaient.

Dans le salon entouré de banquettes et de gros coussins rouges, la table basse et ronde était soigneusement dressée. Badra s'affairait, aux petits soins pour son père. Elle lui rappelait, par sa douceur attentive, Halima, sa femme disparue brutalement, à trente ans. Avec ses deux brus qui l'aimaient bien, Badra s'occupait de tous, grands ou petits, avec une tendre autorité. Elle rendait régulièrement visite à son second fils qui habitait derrière les abattoirs municipaux où il travaillait comme équarrisseur.

Après le prêche, la télévision accueillait, dans le cliquetis des cuillères et des fourchettes, des orchestres de musique andalouse, des chanteurs de variétés et des sketches.

Ce qui faisait rire Bonbon qui n'avait jamais mis les pieds dans théâtre, c'était « La Caméra cachée ». Il la suivait avec plaisir, amusé par la façon dont les gens se faisaient piéger. L'air naturel, naïfs ou méfiants, ils finissaient par sourire du tour qu'on leur avait joué. Mais certains avaient le sang chaud. Justement, ce soir-là, le dos bien calé contre un coussin, Bonbon était tombé sur l'un deux, un vieux citadin en djellaba, aux traits aimables et au turban solidement arrimé sur la tête. Il avait été abordé à un arrêt de bus où l'animateur lui avait demandé poliment de l'aider à trouver une adresse complètement imaginaire. Évidemment, il ne la connaissait pas, mais l'autre, avec une voix faussement mielleuse, s'entêtait. On sentait le vieux perdre de plus en plus son calme devant les embrouillaminis auxquels il ne comprenait rien. Sûr de lui, l'animateur continuait à faire l'idiot et sa victime à bouillonner. Soudain, sans qu'on s'y attende, le vieux dégaina de dessous sa djellaba marron une canne taillée dans du bois avec lequel on fait de redoutables matraques. Surpris, le piégeur prit ses jambes à son cou, poursuivi par la furie armée qui retrouvait le souffle de ses vingt ans. Secoué de rires comme un enfant, Bonbon sentit tout d'un coup une douleur violente le poignarder. Le corps en avant, la main sur la poitrine, il s'écroula sur la table basse en renversant des verres et la théière brûlante.

Ainsi, Djilali Zergui, dit Bonbon, était mort le dixième jour du ramadan, terrassé par une crise cardiaque, au milieu de sa famille et des hurlements de sa fille.

12

Le lendemain du jour où la mort qui n'oublie jamais personne posa, comme disait Zalamite, sa main froide sur la frêle épaule de Bonbon, la tristesse poussa la porte de « La Chope Verte » tel un client qu'on n'attendait pas.

Tassés sur leurs tabourets, les épaules affaissées, les avant-bras sur le comptoir, Bartolo et Zalamite demeuraient silencieux. Dans l'après-midi, une heure avant l'appel du muezzin à la radio, l'aîné des petits-fils de Bonbon avait appelé le foyer pour les informer du décès de son grand-père. Leur compagnon avait été enterré le matin même dans le grand cimetière de la ville. La nouvelle les avait bouleversés. Ils n'avaient pas le cœur de manger. Le goût du chagrin dans la bouche, la gorge nouée, ils s'étaient contentés de boire de l'eau et d'avaler une soupe avant de se rendre chez Mazout.

Derrière la vitre du bar, la nuit était très tôt descendue sur le quartier. Là-haut dans le ciel de novembre, l'orage attendait d'éclater. Toute retournée par cette mort imprévue, Zaza évitait de croiser le regard de ses deux amis pour ne pas ajouter à leur peine. Elle avait essuyé ses larmes dans la cuisine avant de revenir dans la salle à moitié vide.

Mazout leur avait présenté ses condoléances en leur donnant l'accolade comme si le regretté Bonbon était leur frère de sang, un parent chéri et respecté. En signe de deuil, il débrancha discrètement le juke-box.

Hadj Fofana Bakary salua, lui aussi, à sa manière, la mémoire du défunt. « Un brave homme, un sage qui mérite, affirmait-il, pour sa gentillesse, de rentrer sans difficulté, dans le vaste paradis de Dieu. Il n'a pas besoin pour ça de certificat d'hébergement et de visa. »

Pour se donner du courage et se moquer du malheur, Houari Bendenia *alias* Zalamite pensa alors que Bonbon était capable de lui trouver, de là où il était, une femme avec des ailes blanches, ni capricieuse ni trop vieille. Mais, toute sainte qu'elle pouvait être, il ne croyait pas qu'elle voudrait vivre dans un foyer où elle n'aurait pas sa cuisine, son salon, sa machine à laver et au moins deux grandes pièces pour elle.

Ahmed Benzouak, dit Bartolo, qui pressentait que le diabète finirait par avoir sa peau, se rappela du décès de Lucien Guyomar. Bonbon avait eu la chance de mourir parmi les siens, d'être enterré par eux. Il leur avait ainsi évité les frais et la douloureuse épreuve du transport de son cercueil trimballé comme un vulgaire colis dans la soute d'un avion au milieu de bagages et de marchandises.

« La Chope Verte » commençait peu à peu à se remplir de ses habitués qui avaient tous connu et apprécié Bonbon. Chacun avait dit un mot de réconfort à Bartolo et à Zalamite. Les trois chibanis n'étaient plus que deux. Ils savaient que désormais Bonbon ne serait plus là pour flâner avec eux sur les boulevards, dans les marchés, pour s'asseoir sur un banc du square ou autour de la table de la cuisine au linoléum taché par les brûlures de cigarettes. Ils ne videraient plus des verres de bière avec lui, ne partageraient plus les souvenirs et les plats qu'il savait si bien leur concocter et que reniflait parfois Crevette. Ils ne seraient plus ensemble pour franchir les grilles de la gare du Nord, ils ne voyageraient plus sous son grand toit en regardant les trains et les mouvements de la foule.

Ce vendredi-là, les oiseaux avaient cessé de chanter dans la tête de Bartolo et de Zalamite. Emmitouflés dans leurs manteaux, ils retraversèrent la rue et pénétrèrent dans le « Foyer de l'Espérance » pour rejoindre en silence leur chambre.

Dehors, l'orage avait éclaté dans le ciel comme un sanglot.

Villa Mont-Noir, mars 2002 -
Nancy, février 2003

RÉALISATION : PAO ÉDITIONS DU SEUIL
IMPRESSION : NORMANDIE ROTO IMPRESSION S.A.S. À LONRAI
DÉPÔT LÉGAL : MAI 2003. Nº 57382 (03-0762)
Imprimé en France